妖精

夢はファッションデザイナー！
お話の中ではいろんな服を
着ているよ！

マリネットの小さいころ

マリネットの小さいころの
夢は、あみものの妖精に
なることだった！

キャップ

Good!

ボーイッシュなキャップが
似合ってる👍

メイド服

パーティーの手伝いでかわいいメイドさんに！
おいしいスイーツはいかが？

クワミ（妖精）の
誕生日の夜、

パリ中が
悪夢の大ピンチに!?

レディバグと
シャノワールは

この悪夢を終わらせ
られるのでしょうか？

キャラクター関係図

ミラキュラスって？
ミラキュラスは魔法の宝石だよ。クワミ（ミラキュラスにやどる妖精）の力で、スーパーヒーローに変身できるんだ。

マリネット・デュパン゠チェン

フランソワーズ・デュポン高校にかよう高校生。おうちはパン屋さん。

ティッキー
ものを作りだす力をもつ、テントウ虫のクワミ。あるじはマリネット。

同一人物

かたおもい

レディバグ

パリのまちを守るクールでキュートなスーパーヒーロー。

スーパーヒーローのパートナー

ウェイズ

カメのクワミ。あるじはマスター・フー。

マスター・フー

ミラキュラスのガーディアン。なんと186才!?

アドリアン・アグレスト

クロエ・ブルジョア

パリ市長のむすめ。マリネットたちのクラスメイト。

友だち

かたおもい

親子

フランソワーズ・デュポン高校にかよう高校生。モデルとしても大かつやく。

ガブリエル・アグレスト

有名なファッションデザイナー。妻をなくして悲しみにくれている。

同一人物

プラッグ

ものをこわす力をもつ、黒ネコのクワミ。あるじはアドリアン。

かたおもい

シャノワール

レディバグとともにたたかうスーパーヒーロー。

ふたりのミラキュラスをねらっている！

ホーク・モス

最凶の悪者。「アクマタイズ」の能力を使って悪者をつぎつぎと生みだす。

ヌールー

モスのクワミ。ホーク・モスにとらわれている。

10ページからページをパラパラとめくってみて！はしにいるティッキーとプラッグが動くよ！

マリネットのひみつ

チャームポイント

夜のような黒髪。ツインテールが似合ってる!

コロコロと変わる表情にも注目☆

手先が器用で、お菓子作りもさいほうもとくい!

恋もべんきょうも、スーパーヒーローの活動も、がんばってるよ!

外にいる時、ティッキーはポシェットの中にかくれているよ。

大すきなアドリアンのために、どこへでもかけつけるよ♡

マリネットをもっと知りたい!

名前 マリネット・デュパン=チェン

おうち パパのトムとママのサビーヌといっしょにすんでいる。

しごと ひるまはふつうの高校生。パリを守るスーパーヒーロー・レディバグに変身できるよ!

せいかく 元気いっぱいで、ちょっぴりドジな女の子。ひっこみじあんなせいかくだったけど、スーパーヒーローの活動をしているうちにつよい意志をもつようになってきたよ。

教えて！マリネット

すきなことは？
- ★ファッションデザイン
- ★アドリアンのスケジュールをチェックすること
- ★ジャゲッド・ストーンのロック音楽をきくこと

にがてなことは？
- ★あらそいごと

なやみごとは？
- ★アドリアンとうまくしゃべれないこと

ゆめは？
- ★ファッションデザイナーになること
- ★アドリアンとけっこんして、ハムスターをかうこと

マリネットはデザインすることが大すき！

ロック歌手「ジャゲッド・ストーン」のアルバムカバーをデザインしたよ！

学校のコンテストで帽子のデザインを考えたよ！

おうちのパン屋のロゴもデザイン！

スマホには、アドリアンのしゃしんコレクションが…！

アドリアンに書いたラブレター

マリネットってどんな子？

アルヤ：わたしのだいじなしんゆうだよ。

ジュレカ：よくはげましてくれる、やさしい友だち。

ルカ：がくふのようにせいじつで、ぼくにとってとくべつな人だ。

ティッキー：大すきなあるじで、さいこうのレディバグだよ！

サビーヌ・トム：わたしたちの、かぞくおもいのかわいいむすめよ。

アドリアンのひみつ

チャームポイント

きらめく緑のひとみ。
思わずきゅんっ♥

お母さんと同じ、太陽の
ようにかがやく金髪☆

友だちとの時間を
たいせつに
しているんだ

出かける時
プラッグは白シャツの中に
かくれているよ。

モデルをしているから、
しせいがいいよ！

アドリアンをもっと知りたい！

名前 アドリアン・アグレスト

おうち 父親のガブリエル、ひしょの
ナタリー、ボディーガードと
大きな家でくらしている。

しごと ふだんは高校生とモデルの
しごとをしている。
パリを守るスーパーヒーロー・
シャノワールに変身できるよ！

せいかく やさしくてれいぎ正しい。
かんぺきなゆうとう生だけど、
生活にさびしさをかんじていて、
自由にあこがれている。

とくいなことが多い！

★フェンシング
★ピアノ
★中国語
★ゲーム
★モデルのしごと

お父さんがきびしくて、
あまり家から
出られないのがなやみ💧

教えて！アドリアン

すきなことは？
- ★ ゲーム
- ★ どくしょ
- ★ 友だちと出かけること
- ★ レディバグの大かつやくを見ること

にがてなことは？
- ★ 家にとじこめられること
- ★ 鳥の羽

なやみごとは？
- ★ お父さんとうまくコミュニケーションがとれないこと

ゆめは？
- ★ まださがしているところ

モデルのしごとでも大かつやく！

どれもかっこいい♥

スマホには、かたおもい中のレディバグのしゃしん！

大すきなレディバグのことをついつい考えてしまう♥

アドリアンってどんな子？

ニノ: ぼくのいちばんのあいぼうなんだ！

ナタリー: まじめな子ですが、たまにさびしそうな顔をしています。

マックス: ゲームはぼくより強くてびっくりしたよ。

カガミ: わたしにとってはかんぺきなそんざい。

プラグ: カマンベールチーズもくれる、とてもいいやつだ。

～1～

　ある気もちのいい午後。すんだ青い空が、平和なパリのまちをおおっている。
　じゅぎょうが終わったマリネットは、外かいだんにすわって、思いきりのびをした。
「うーん、いい天気！」

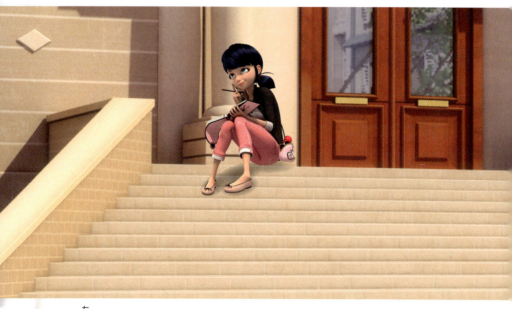

　立ちあがって、かるいステップでおりていく。
　その時だった。

ニャーン!

ふみだした足のすぐ前を、黒ネコがよこぎる。

「ええっ!?」

マリネットはおどろき、足がもつれて……

ドターン!

思いっきりころんでしまった。

パラパラめくると、わたしがうごくよ

「いたた……」
　なんとかおきあがるマリネット。
「だいじょうぶ？」
　とつぜん、そう声をかけられて、マリネットはどきっとした。その声は、大すきな人のものだったからだ。
　ふりかえると、アドリアンがしんぱいそうに、マリネットを見ている。

「だ、だだだ……だいじょうぶ！
その、け、けがもしてないし！」
　マリネットはぎこちなく言った。
　アドリアンを前にすると、きんちょうしてしまって、いつもうまく話すことができない。

「よかった」
　アドリアンはさわやかに言うと、ころんだひょうしにとんでいってしまった、マリネットのリュックを、手わたしてくれる。

「あ、あありが……」
　ありがとう、と言いきる前に、マリネットの背中に、ドン！

「アドリア〜ン、ここにいたの？こんなダサい子ほっといて、いっしょに帰りましょ♡」

マリネットをつきとばしてあらわれたのは、クロエだ。

ひみつコーナー クロエ…マリネットをライバル視し、なにかとイジワルしている。じつはレディバグの大ファンで、ときどきレディバグのかそうもしているんだって。

クロエは強引(ごういん)に、アドリアンのうでに
からみつくと、むりやりつれさっていく。

　それでもマリネットは、
アドリアンと話(はな)せたことがうれしくて、
そっとリュックをだきしめた。

～2～

　ある日の夜。マリネットは、むずかしい顔をしているティッキーに、話しかけた。

「どうしたの、ティッキー？」

「ヌールーっていう、モスのクワミのことでちょっと……」

「ホーク・モスのクワミ？」

ホーク・モスは最凶の悪者で、ミラキュラスの力を使い、パリをこんらんにおとしいれる張本人だ。

クワミファイル

ヌールー Nooroo

心やさしいモスのクワミ

ミラキュラス	ブローチ
変身合図	「ヌールー、ダークウィング ライズ！」

ホーク・モスにとらわれている。ほかのだれかをコントロールする力をもつ

「そう。今日はヌールーのサイクル……つまり誕生日なのに、ひとりきりでおいわいしてる。それが気になってるの」

「そっか。それはさみしいね」

「ひとつだけ、みんなでおいわいできるほうほうがある。クワミはサイクルの日だけ、なかまと交信できるんだ」

「どうやって交信するの？」

クワミのサイクルは数百年に1回しかないよ。ちなみに今夜は、ヌールーの3500回目のサイクルだって！

「ミラキュラスが入ってるミラクルボックスに、今夜あつまるだけ」
「今夜？　でも、マスター・フーがゆるしてくれるかな？」
「もしわたしがいない時に、だれかがアクマタイズされたら、マリネットが変身できないけど……ウェイズが見張りをしてくれたら、どうかな？
だれかがアクマタイズされたら、ミラクルボックスにいるわたしたちに知らせてくれる」

ミラクルボックス…クワミとミラキュラスをほかんするボックス。ガーディアンであるマスター・フーが、かんりしているよ。

ティッキーは顔をかがやかせて、マリネットにだきついた。
「ありがと、マリネット！」

ティッキーは、まどからとびだしていく。

スーパーヒーローは、クワミとミラキュラスの力で変身するため、クワミはあるじのそばにいるひつようがあるよ。

いっぽう、アドリアンの家では……

「なんだかつかれて、ヘットヘト。もうねよっかなあ〜」

「おやすみ、プラッグ」

アドリアンは、手もとの本から、目をはなさずに言った。

プラッグは、アドリアンがべんきょうにしゅうちゅうしているようすをかくにんすると、

ベッドの中に、みがわりのくつ下を入れる。
そしてこっそりと、へやを出ていった。

 クワミは、かべを自由に通りぬけられるよ。

そのころ、ガブリエルは、パソコンにむかって、しごとをしていた。

ヌールーは、プラッグと同じように、そのすきをついて、外へ出ようとしたけれど──

プラッグのように、うまくはいかないようだ。
「かた時(とき)も、わたしのそばをはなれず、わたしいがいの人間(にんげん)と話(はな)してはならない」
　ガブリエルにつめたく言(い)われて、ヌールーはかなしそうにうつむく。
　その時(とき)、ガブリエルはふてきなほほえみをうかべた。

「計画(けいかく)はへんこうだ、ヌールー」

ガブリエルは、かくしつうろから、
ホーク・モスのかくれ家へむかう。

そう、ホーク・モスの
正体は、アドリアンの
お父さんである、
ガブリエルだった！

「はげしいマイナスの感情が、つたわってくる　それも、とてもじゅんすいな……」

ホーク・モスは、へやの中をまう白いチョウを１ぴきつかまえ、闇色のアクマに変えた。

「行け、わたしのかわいいしもべよ。アクマタイズの時間だ！」

アクマは丸いまどから、パリのまちにはばたいていく──

ティッキーとプラッグは、ミラクルボックスがある、マスター・フーの家にやってきた。

ヌールーと交信できたら、ぼくの分も、サイクルのおいわいしてあげて

ほかのクワミへのプレゼント

ウェイズが、小さな声で言った。
マスター・フーは、すやすやねむっている。

ティッキーとプラッグは うなずいて、ミラクル ボックスにとびこむ。

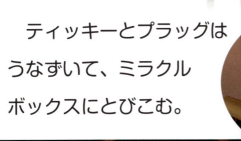

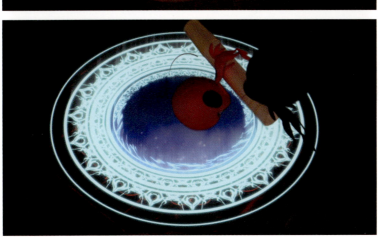

ミラクルボックスは古いレコードプレーヤーに見える けど、中はクワミたちの魔法の世界につながっているよ。

ミラクルボックスの中には、すでにたくさんのクワミがいた。

「ごきげんよう、そうぞうとはかいの、こうきなクワミたち！」

クワミファイル

ポレン
ハチのクワミ

ミラキュラス　ヘアコーム

変身合図　「ポレン、バズ・オン！」

敵のうごきをとめる力をもつ

「さあ、パーティーのはじまりだ！」

クワミファイル

サピュー
サルのクワミ

ミラキュラス　頭にはめる金のわ

変身合図　「サピュー、ショータイム！」

ほかの人のパワーをさまたげる力をもつ

クワミファイル

デイジー
ブタのクワミ

ミラキュラス　アンクレット

変身合図　「デイジー、リジョイス！」

人がねがったふうけいを見せる力をもつ

「ねぇふたりとも何かもってきた？」

ミュージック、スタート♪
クワミたちは、ワイワイ大もりあがり！

また会えて
うれしい！

イエーイ！

みんなでダンス
しよう！

バーク クワミファイル
イヌのクワミ
- ミラキュラス　くびわ
- 変身合図　「バーク、オンザハント！」

ボールでいちどふれたものを、見つけだす力をもつ

オリッコ クワミファイル
ニワトリのクワミ
- ミラキュラス　おやゆびにつけるゆびわ
- 変身合図　「オリッコ、サンライズ！」

ほしい能力を、ひとつえらぶことができる

ミュロ クワミファイル
ネズミのクワミ
- ミラキュラス　ペンダント
- 変身合図　「ミュロ、ゲット・スクイーキー！」

小さいたくさんの分身を作りだす力をもつ

「マスター・フーがきょかして くれたっていうのも、 ラッキーだったよな」

　じつは、マスター・フーが ねむっているすきに、ティッキーとプラッグが、 こっそりしのびこんだことを、クワミたちは知ら ないらしい。

　プラッグは、あわてて話を変えるように、 ティッキーに言った。

あー、おどらないか、 ティッキー ほら、おいわいは、 ちゃんとしてやらなきゃ いけないだろ？

　ベッドの上のマリネットが、しあわせそうなねがおでねむっているところ……
　とつぜん、大きなもの音がして、とびおきた。

「なに？　今のなんの音？
　ティッキー、もう帰ってきたの？」

ティッキーのへんじはない。
　かわりに、ベッドにつづくはしごを、だれかがのぼってくる音が……

　やがて、ぬっと、手があらわれた。
マリネットはひめいを上げる。
つぎのしゅんかん、顔を出したのは──

どうして、アドリアンがこんなところに？

「マリネット〜。
ぼくのひみつを、
知りたくない？」

マリネットはそこで、アドリアンのようすがおかしいことに、気づいた。
　目はうつろだし、しゃべり方も、なんだかおばけみたいだ。
　マリネットがとまどっていると、おかしなアドリアンは、つづけて言った。

「ぼくのすきな女の子の名前は……クロエ～！」

「きゃあー！」

マリネットは、あわててかいだんをのぼり、
屋上に出た。

なにこれ？
悪い夢でも
見てるの？

その時、下からひめいが聞こえてきた。
見ると、パリのまちを、きょうりゅうや
きょだいなクモが歩きまわり、人びとが大パニック！

きゃああ〜

そんな中、まくらにのって夜空をとぶものがいた。

「サンドボーイが通るよ〜
さあ、悪夢がはじまるよ〜♪」

歌うように、そうくりかえすサンドボーイを見て、マリネットはつぶやいた。

「あいつが、悪夢をげんじつにしてるんだ!」

今は、レディバグに
変身する時だ！

ティッキー、
スポッツ・オン！

マリネットはさけんだ。けれど――

しーん……。なにもおこらない。

「そうだ、ティッキーがいないから、変身できない！　でも……」

悪夢にそまったまちを見下ろして、マリネットはちかった。

「わたしが、パリのまちを守る！」

「ティッキーをさがさなきゃ！」

悪夢(あくむ)は、アドリアンのところにもやってきた。

大(おお)きな音(おと)とともに、アドリアンの部屋(へや)の窓(まど)やドアに、たくさんのてつごうしがおりる。

どうなってるんだ？
プラッグ、おきて！

アドリアンがふとんをめくると——

そこには、くつ下が丸まっているだけ！

そんな！プラッグがくつ下になっちゃった！

4

　ミラクルボックスの中では、クワミたちが、ヌールーと交信するために、声を合わせて、歌っている。
　けれど、なかなかヌールーと交信がつながらない。

「クワミがたりないからだよ
ドゥーズーがいたらいいんだけど、
もう長い間ゆくえ不明だ」

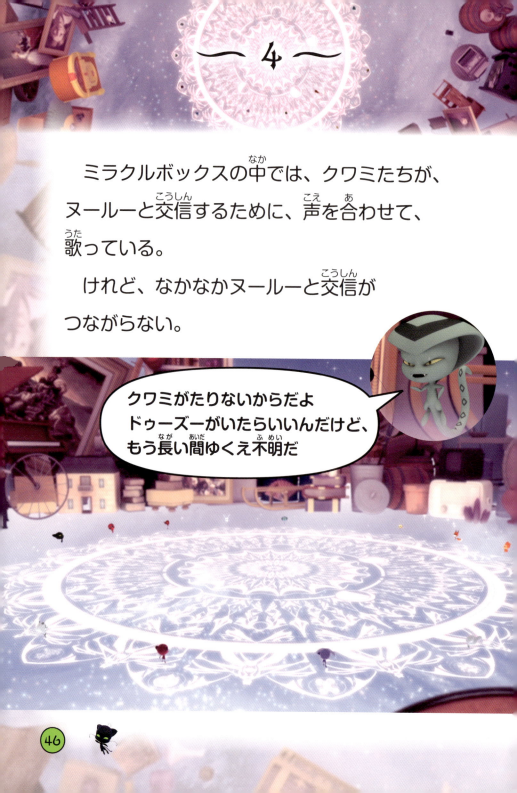

「ウェイズを、よんできたらどう？」

「そうしないと、つぎの誕生日まで、チャンスはないからなすぐよんできてくれ！」

ウェイズ
カメのクワミ

 ブレスレット

変身合図 「ウェイズ、シェル・オン！」

こうげきから守る結界を張る力をもつ

ドゥーズー
ピーコックのクワミ

 ブローチ

変身合図 「ドゥーズー、スプレッド・マイフェザー！」

200年前、ヌールーといっしょにゆくえ不明になった

プラッグは、ミラクルボックスの外にいる、ウェイズをよびに来た。

「でも、ぼくはここを見張らないと……」

「おねがい！　ヌールーとホーク・モスを見つけるチャンスは、今夜だけなんだ」

ウェイズも歌にくわわって、

ストンプ
ウシのクワミ

ミラキュラス　鼻ピアス

変身合図　「ストンプ、メイク・ウェイ！」

ほかのパワーをよせつけることなく、前進する力をもつ

ロア
トラのクワミ

ミラキュラス　フィンガーブレスレット

変身合図　「ロア、ストライプス・オン！」

こぶしで、あいてをふきとばす力をもつ

ついに、交信がつながった。

　　　　けれど……

クワミたちにつたわってくる気配は、
ヌールーのものじゃなかった。

「これはヌールーじゃない！」

「ホーク・モスだ！」

「歌いつづけて！どこにかくれてるか、つきとめるんだ！」

クワミファイル

ロン
りゅうのクワミ

ミラキュラス ━━━ チョーカー

変身合図　「ロン、ブリング・ザ・ストーム！」

風・水・いなずまのスーパーパワーを使いこなす力をもつ

ホーク・モスは、歌いつづけるクワミたちに言った。

いいだろう　なら こちらがお前たちを 見つけてやる！ お前たちも、わたしの ものになるがいい！

ホーク・モスのじゃあくな力が、クワミたちをくるしめる。

あーー！

クワミファイル トリックス
キツネのクワミ
ミラキュラス ネックレス
変身合図 「トリックス、レッツ・パウンス！」
まぼろしをあやつる力をもつ

交信するのをやめないと、ホーク・モスに、ここをつきとめられちゃう！

フラップ **クワミファイル**
ウサギのクワミ
ミラキュラス かいちゅうどけい
変身合図 「フラップ、クロックワイズ！」
タイムスリップする力をもつ

クワミたちは、交信を切った。

「ヌールーは、今ホーク・モスに力をあたえてるから、話せなかったのかな」

「ってことは、ホーク・モスが、だれかをアクマタイズしたのかも!」

ジギー クワミファイル
ヤギのクワミ

ミラキュラス ヘアクリップ

変身合図 「ジギー、ブリート・イット!」

ペイントブラシで、空中にかいたものを作りだす力をもつ

クワミファイル **カルキー**
ウマのクワミ

ミラキュラス サングラス

変身合図 「カルキー、フルギャロップ!」

ある場所へつながるホール(あな)を生みだす力をもつ

ティッキーとプラッグは、顔を見合わせた。
「きっとまちがたいへんなことに！　わたしたちがここにいたら、ふたりは変身できない！」

いそいでマリネットとアドリアンのもとへ帰らないと！

マリネットは、ティッキーをむかえに、マスター・フーの家にやってきた。

「マスター、おきてください！」

「ああ、マリネット……」

マスター・フーはからだをおこすと、なにかを見て、びくりとふるえた。

そのしせんの先には……

3匹のおばけがうかんでいる！

「われらは、ミラキュラスガーディアンのゴーストだ！」

「お前のせいで、われらは、ミラキュラスをふたつ失い、ほろびた！」

おばけは、マスター・フーにせまってくる。

わしのせいではない
わざとやったわけじゃ
ないんだ！

その時、ドン！

ドアがやぶられて、
悪夢のアドリアンもあらわれた。

「ぼくのすきな女の子は、クロエ～！」

「ひいっ！」

マスター・フーは、
いすのかげにかくれて言った。

「マリネット、変身するんじゃ」

できません！
ティッキーは、
ミラクルボックスの
中なの！

マリネットとマスター・フーは、悪夢においつめられて、大ピンチ！

と、ティッキーたちが、ミラクルボックスからとびだしてきた。

 ティッキーとプラッグは、おたがいのあるじの正体がわかるけど、クワミのやくそくごとで、だれにも言っていないよ。

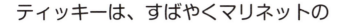

ティッキーは、すばやくマリネットのところにかけよる。

「マリネット、わたしたちしっぱいしちゃった！」

「話はあとで　とにかく今は、この悪夢を終わらせないと！」

てつごうしにとじこめられた、アドリアンのところにも、プラッグがもどってきた。

アドリアン、だいじょうぶか？

「プラッグ！
くつ下になってなくて、
よかったよ。あとで
ちゃんとせつめいして」

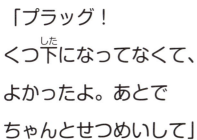

なんとか悪夢に
たえてるみたいで、
よかった〜

アドリアンは、

シャノワールに変身！

そこで、サンドボーイは空中から、悪夢のすなをレディバグとシャノワールにはなつ！
　悪夢には、自分がいちばんこわいものがあらわれる。

「自分の悪夢には、だれもかてっこないんだ！」

バン！　バン！

　ふたりは、よけるだけでせいいっぱい。
　あれをやるしかない！

けれどその時、悪夢のすなが
レディバグにヒット！

わあっ！

レディバグは、はんげきしようとするが、
ヨーヨーは力を失い、おもちゃみたいに
なってしまった。

レディバグにとっての
悪夢は、**力をなくして、
みんなを守れなくなる**
ことだからだ。

サンドボーイの頭（あたま）に、
ホーク・モスの声（こえ）がひびく。

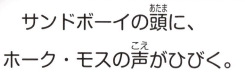

よくやった！
サンドボーイ

もはやレディバグは
敵（てき）ではない
ミラキュラスを
うばうんだ！

　レディバグをおいつめたサンドボーイは、ミラキュラスに手をのばす。
　あと少しで、ミラキュラスがうばわれてしまう！
「きゃあああ～！」
　レディバグは、サンドボーイからのがれようとして、足をすべらせた。

高いたてものから、一直線におちていく時——

レディバグ！

シャノワールが、レディバグをキャッチ！
しかし同時に、悪夢のすなもシャノワールにヒット！

シャノワールはスティックをかまえる。

それにこたえるように、たてものの上に、もうひとりのレディバグがあらわれた。

シャノワールにとっての悪夢は、レディバグにきらわれることらしい。
悪夢のレディバグは、大きな武器で、シャノワールにおそいかかる。

シャノワールは、ほんもののレディバグを守りながら、たたかう。

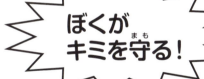

ぼくが
キミを守る!

「ミラキュラスを わたせ! レディバグ!」

シャノワールは、レディバグとともに、屋上へにげた。

「かくれんぼして あそぼうってわけ? ネコちゃん」

けれど、前からはサンドボーイが、後ろからは悪夢のレディバグが、せまってくる。

そこで、シャノワールのゆびわが、てんめつをはじめた。

「レディバグ、もう変身がとけちゃう！作戦はない？」

どうしたらいいだろう？
レディバグは、あたりを見回して……

いいアイデアが
ひらめいた！

シャノワール、
かのじょを
こっちに
おびきよせて！

シャノワールは、悪夢のレディバグに、あおるように言う。

「キミなんて、こわくないただのくだらない夢だからね」

「切りきざんで、キャットフードにしてあげるよ!」

おこった悪夢のレディバグが、おそいかかる！
すると——

シャノワールは、悪夢のレディバグの武器をすばやくよけた。

武器のやいばは、かべに当たってこわれ、ふっとんでいく。

レディバグは、おちたやいばをひろいあげた。

空中にうかんでいるサンドボーイにむかって、レディバグは、大きく

ジャンプ！

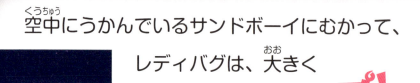

シャノワールが手伝って、レディバグはサンドボーイのまくらを、

ザックリ！

おっこちていくサンドボーイを、

シャノワールは、しっかりとだきとめた。

ミラキュラス・レディバグ！

レディバグの技(わざ)によって、まちの悪夢(あくむ)はきえていく。

やったね！

いっぽう、ホーク・モスは、くやしくてさけんだ。

そんなー！

やったね！

サンドボーイのまくらから、
アクマがとびだしてくる。
そこで、レディバグは——

いま元のすがたに
もどしてあげる

リベール
ドゥマール！

さっていこうとする
シャノワールに、
レディバグは声(こえ)をかけた。

少し不安そうなレディバグに、シャノワールは笑って言った。

なげキッスをのこして、さっていくシャノワールを、笑顔になったレディバグが見おくった。

― 7 ―

マスター・フーに、ウェイズとマリネットとティッキーは、口ぐちにあやまった。

「今回のピンチは、ぼくのせいです、マスター」

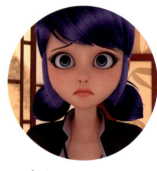

「いいえ、わたしです」

「マリネットじゃない。わたしのせいです」

「ああそうだ、こいつらがわるい」

マスター・フーは
それを聞(き)いて、
少(すこ)しのあいだだまると、
やがてほほえんだ。

ティッキーは、マリネットにも頭を下げた。

「信じてくれたのに、
しっぱいした。
がっかりさせちゃって、
ごめんなさい」

「友だちのためだったんだよね？
だいじょうぶ、わかってるから」
　マリネットが信じてくれたのがうれしくて、
ティッキーはマリネットにほおずりした。

やはり、マリネットは今まででさいこうの
レディバグだと、ティッキーは思った。
　マリネットも、ティッキーの
ほほにキスをした。

そんなふたりを、
プラッグはよこ目で
ながめていて……

アドリアンのもとにもどってきたプラッグは、とつぜん、アドリアンのうでにしがみついた。

ありがと、アドリアン

プラッグ、どうしたんだ？

「いつもすきにさせてくれるから、そのおれいを、言いたくなって」

「自由じゃないのは
つらいって、知ってる
からね。でも、もう
くつ下のみがわりはナシ」

プラッグは、アドリアンのむねにだきつく。

「お前は、これまでで
さいこうの
シャノワールだよ！
でも、チーズみたいに
クサいセリフは
もう言わないから

つぎの日のほうかご。
マリネットは、勇気を出して、アドリアンに話しかけた。

あ、あの……アドリアン！

どうしたの？マリネット

「あ、ええと……その……
このあいだはありがとう！」
「このあいだ？」

「ほら、わたしがころんだ時……
リュ、リュックを、ひろってくれたでしょ？」
「ああ……！ わざわざおれいを、言いに来て
くれたの？」

アドリアンは、少しおどろいたように言った。

「う、うん……！」

「そっか。どういたしまして！」
アドリアンは、さわやかに言って、さっていく。

もうころばないように、気をつけてね

　マリネットは、恋するひとみで、アドリアンの背中を見つめる。

　そして、ぼうっとしたまま歩きだし、ゆかにおちているにもつにつまずいて――

またせいだいにころんだのだった。

「もう、マリネット！
気をつけてって、
言われたばかりでしょ!?」

ティッキーに言われて、
マリネットは、笑みを
うかべる。

「えへへ……」

もっと知りたい！レディバグのひみつ

「レディバグ」は英語で「テントウ虫」という意味で、幸運のシンボルだよ★

チャームポイント

マスクの下は、だれにも言えないひみつだよ

リボンのような髪かざりがキュート！

ティッキーの力で変身！

テントウ虫の水玉もようはそんざい感ばつぐん★

シャノワールのことをたまに「ネコちゃん」ってよんでいるよ

武器はテントウ虫の形のヨーヨー

たたかう時やいどうする時などに使える、超べんりなアイテム！

レディバグをもっと知りたい！

- **せいかく** リーダーシップがあるしっかりもの
- **能力** ものを作りだす力
- **ミラキュラス** イヤリング
- **変身の合図** 「ティッキー、スポッツ・オン！」
- **必殺技** 「ラッキーチャーム」さまざまなアイテムをよびだす。ピンチのかいけつにつながるよ。

レディバグの名シーン！

#13「ストーンハート」
みんなの前で、レディバグになるかくごをせんげんするシーンが、かっこいい！

かならずみなさんを守ってみせます！

#7「レディー・ワイファイ」
ヒーローとして、よくテレビにとりあげられているよ！

#57「リフレクドール」
いつもシャノワールのアプローチをかるくながしているけど、たいせつなパートナー♪

マイレディ

#18「サイモン・セッズ」
クールなレディバグでも、大すきなアドリアンが前にいるとテレてしまう💛

もっと知りたい！シャノワールのひみつ

「シャノワール」はフランス語で「黒ネコ」の意味だよ！

黒いネコ耳がチャームポイント♡

首もとの鈴はネコのシンボル！

プラグの力で変身！

必殺技を使う時、つめがするどくなる☆

チャームポイント

レディバグのことを「マイレディ」とよんでいるよ

武器はスティック

こうげき力が高い！

スティックは傘にもなる!?

のばしたり、ちぢめたりできるので、さまざまな使い道があるよ。

長いベルトがしっぽになっているよ

シャノワールをもっと知りたい！

せいかく ネコみたいに自由で、ちょっとおちょうしもの

能力 ものをこわす力

ミラキュラス ゆびわ

変身の合図 「プラグ、クロウ・アウト！」

必殺技 「カタクリズム」ふれたものをぜんぶこわす。とても強い力だよ。

シャノワールの名シーン!

たたかうポーズも
かっこいい!!

#11「ダーク・キューピッド」

ダーク・キューピッドのせいで、大すきなレディバグまでこうげきしちゃったよ!

レディバグのキスで、
のろいがとけたよ♥

#33「リポスト」

レディバグとは、おたがいに背中をあずけられるほど、信頼し合っている!

著者紹介

井上亜樹子（いのうえ・あきこ）

脚本家、小説家。
脚本を務めた代表作にテレビアニメ「おしりたんてい」「ゲゲゲの鬼太郎（第6期）」「ONE PIECE」、特撮テレビドラマ「仮面ライダーガッチャード」など。
著作に『小説 ふたりはプリキュア マックスハート』『小説 ゲゲゲの鬼太郎 〜蒼の刻〜』（ともに講談社）「すずのまたたびデイズ」シリーズ、『ミラキュラス レディバグ＆シャノワール 今日からスーパーヒーロー！』（以上ポプラ社）など。

ミラキュラス レディバグ&シャノワール　サンドボーイ

2024年12月 第1刷

原　作　ZAG
監　修　東映アニメーション
作　　　井上亜樹子
発行者　加藤裕樹
編　集　黄 怡華　　デザイン　斎藤伸二 (ポプラ社デザイン室)
発行所　株式会社ポプラ社
　　　　〒141-8210 東京都品川区西五反田 3-5-8 JR 目黒 MARC ビル 12階
　　　　www.poplar.co.jp (ホームページ)
印刷・製本　中央精版印刷株式会社

©2024 ZAGTOON-METHOD-TOEI ANIMATION.
ISBN978-4-591-18398-4　N.D.C. 913　120p　21cm　Printed in Japan　P4900395

落丁・乱丁本はお取り替えいたします。
ホームページ (www.poplar.co.jp) のお問い合わせ一覧よりご連絡ください。
読者の皆様からのお便りをお待ちしております。いただいたお便りは著者にお渡しいたします。
本書のコピー、スキャン、デジタル化等の無断複製は著作権法上での例外を除き禁じられています。
本書を代行業者等の第三者に依頼してスキャンやデジタル化することは、たとえ個人や家庭内での利用であっても著作権法上認められておりません。

アドリアンのファッションショー

🐾 大人気モデルでもある
アドリアンのコレクション
大公開

イケメン ✨

スーツ
この時かぶっていた帽子は、マリネットがデザインしたものだよ。

フェンシングユニフォーム
フェンシングをする時のアドリアンはまるでナイトみたい❤

ベレー帽
No.1

アーティストのようなふんいきもステキ！マリネットのデザインだよ！